YORICK

FELIPE FORTUNA

YORICK

POEMAS

TOPBOOKS

EDITOR
José Mario Pereira

EDITORA ASSISTENTE
Christine Ajuz

REVISÃO
Giuliano Ventura

PRODUÇÃO EDITORIAL
Davi Holanda

CAPA E PROJETO GRÁFICO
Miriam Lerner | Equatorium Design

Dados Internacionais de Catalogação na Publicação (CIP)
(Câmara Brasileira do Livro, SP, Brasil)

Fortuna, Felipe
Yorick : poemas / Felipe Fortuna. --1. ed. -- Rio de Janeiro : Topbooks Editora, 2024.

ISBN 978-65-5897-033-0

1. Poesia brasileira I. Título.

24-219410 CDD-B869.1

Índices para catálogo sistemático:
1. Poesia : Literatura brasileira B869.1
Eliane de Freitas Leite - Bibliotecária - CRB 8/8415

Topbooks Editora e Distribuidora de Livros Ltda.
Rua Visconde de Inhaúma, 58 / gr. 203 – Centro
Rio de Janeiro – CEP: 20091-007
Tels: (21) 2283-1039 / 98563-3713
www.topbooks.com.br
topbooks@topbooks.com.br

(...) E essa futura
Ultrafatalidade da ossatura, (...)

Augusto dos Anjos

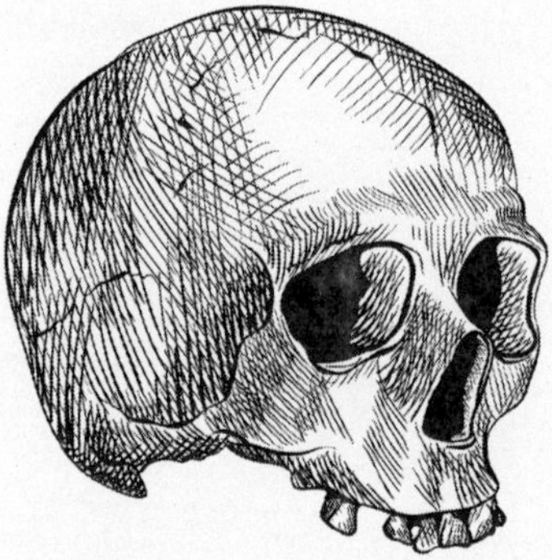

O poeta apresenta Yorick

Yorick divertia.
Seus olhos não adormeciam
nem paravam no ar
a menos – esclareço –
que houvesse riso no salão.
Então Yorick mirava um ponto fixo
e mudava de rumo.

Yorick sabia
remover o silêncio de um corpo,
como quem faz espumas
ao soprar a água.
Nada perdia ao pronunciar palavras,
nenhuma sombra o extinguia.
Yorick mostrava
a circulação plena das veias,
um ímpeto, um metal precioso.

Yorick montava palavras.
Servia cada uma à mesa
e dias depois ainda se comentava:
foi Yorick quem inventou
foi ele quem disse de modo
tão inesperado, tão súbito.
Seria necessário repetir Yorick
na manhã seguinte:
usar a mesma expressão
e perceber se outro rosto se crispava
se o resto do corpo se torcia
em riso e reação.
Talvez desse certo.
Era preciso repetir aquele momento,
acrescentar Yorick à rotina.
Os dias são muito mais aceitáveis
com Yorick dentro.

Como conseguia Yorick
fazer o que fazia? Como sabia
quantas palavras cabem
para saciar a hora?
Onde aprendeu – e estava sozinho nesse dia?
De que modo entendeu
e resolveu estilhaçar com suas garras
o porte da respeitável dama?
Assusta que saiba essa magia
de alterar os músculos alheios,
de fazer o sangue mais veloz
como se fugíssemos de Yorick.
Impressiona que arranque a seriedade
e a jogue em seguida em um abismo
e exiba esplendoroso
a vertigem
o desatino
o brusco
uma queda enfim desejada.

Yorick ri de si mesmo.
Já disse insultos sobre o seu hálito
desdenhou sua família, trocada
por um riso robusto e sagaz.
Espalhou boatos de que não havia certeza
sobre quem era.
Jurou não ter qualidades
se declarou abjeto e, desafiado,
ameaçou comprovar. Afirmou
haver esquecido se algum dia foi bom.
Provoca quando explica
não ser digno de suicídio.
Desconfia do que faz.
Quem o escuta não sabe se Yorick está mentindo.
Não se sabe quem é mesmo Yorick.
Em dias assim
Yorick vigia as almas.
O entusiasmo é certo
a atenção é certa.

Yorick era certeiro. Suas palavras
duravam para sempre.
Foi o melhor acrobata: não tropeçava
sem avisar
não escorregava de surpresa
nunca atravessou o salão
sem quê nem porquê.
Ficava atento ao acordar:
algo dizia
que transformava a semana.
Quando era chamado, criava
um provérbio que muitos decoravam.

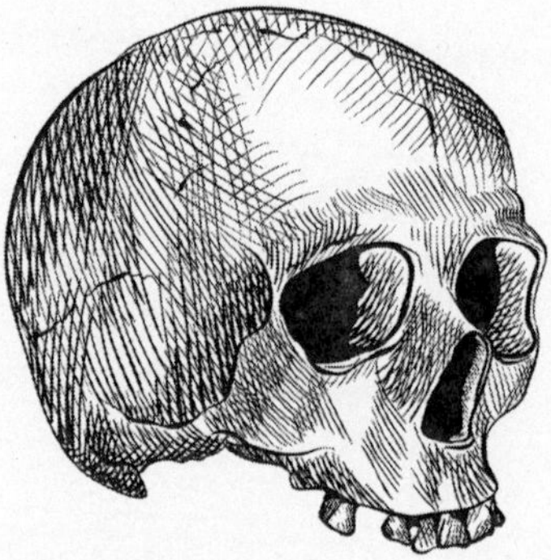

Yorick se apresenta

Descobri ser Yorick bem cedo (quando
ao meu redor se formou
o riso alto das gentes).
Nada mais fiz: sou Yorick,
o bufão. Sou o bobo. O intrigante
o sabe-tudo o tudo-fala a maldita-boca-da-verdade
o digo-o-que-acho o quase-ofensa
sem medo dos grilhões, sem temor à cela,
sem fugir dos passos na madrugada.
É tudo feito com esgar
com rictos de frente
com o corpo a tremer enquanto anda
para narrar o fim dos tempos.
Ainda que hesite, alguém implica,
alguém atiça com perguntas
e eu respondo de viés
e com ternura e escárnio conto o que sei.
Sou Yorick, o causador.
Sou Yorick com disposição.

Inventei um sorriso no ar (sou eu,
Yorick, quem sorri). Inventei
uma cambalhota parecida com alguém.
Inventei um modo de agradecer
se nada fiz.
Assim sou eu, damas, cavalheiros,
dono de uma impossível matriz.
Surpresa que passeia, anedota
a erodir todo o tempo,
não sugo sangue nem me envaidece
pertencer a outra natureza.
Até na solidão faço rir
até se tivesse
de repetir a anedota para mais três:
ainda provocaria
provocaria
apenas com rosto provocaria
e sairia do salão em triunfo
rindo para que me deixassem em paz.

Entre as pessoas apareço: o meu terreno baldio.
Ali decomponho e desfaço:
a desordem é meu assunto.
Mas finjo que é improviso,
que nunca inventei frases
sobre a vaidade de quem lucrou
sobre o orgulho de quem foi pérfido
(e o pior: sobre quem matou,
finge inocência e sorri comigo,
o Yorick-sabe-tudo, o Yorick cuja máscara
é soprar areia nos olhos).
Domador da hipocrisia, delator
das aparências, mel corrosivo
sobre os gestos previsíveis:
estou aqui sendo quem sou. Nesse
palco ensolarado
não sou ator.

Amargo, vou dizer toda a verdade.
Vou rir à meia-noite, sem descanso,
trazer à baila aquele assunto imenso
que é dito à meia-voz e seus tremores.

Já conto outro segredo às gargalhadas,
versejo com vagar a confusão
que vai nas almas deles, uns coitados,
que eu, Yorick, me divirto em revelar.

A luz da lucidez é meu bom-dia:
saúdo os nomes todos, imponentes,
de quem me apresentou outra mentira.
Eu sei quem enterrou a própria dor

e, fraco ou não, trocou o seu destino.
Desculpem-me os presentes, mas vou já
largar acrobacias e trejeitos,
e assaltar com palavras essa festa.

Faço graça? Em piruetas
fico ridículo, mexo o corpo
de modo atarantado, sem juízo?
Me chamo Yorick, o iludido,
outros festejam Yorick, o debochado,
com guirlandas, muitos guizos,
à espreita de um riso, de um explosivo
que fez o outro dizer e eu voltar ao quarto,
a roupa já minguante e com estragos,
a máscara de suor, o braço espúrio,
seu jeito de fazer de outro modo,
agora sonolento, sem partidas,
esquecido de dizer uma palavra.
Assoprando velas que parecem mortas
meu reino agora em silêncio
ninguém sabe
só eu pergunto.
E amanhã farei graça outra vez.

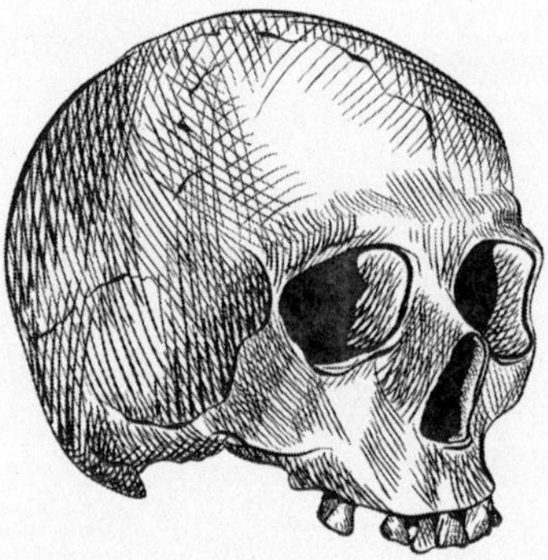

O príncipe relembra Yorick

Conte-me aquela de novo.
Repita a acrobacia.
Outra vez os rasgos de alegria
e as caretas aguardadas
como um copo d'água.

Ninguém conseguia tanto
quanto Yorick, e a surpresa
era mola e explosão, e para ele
uma rotina benfazeja

que encerrava em desafio
– e ria com ele as horas plenas.

Todos os jogos de Yorick
eram feitos para mim.
Cabiam na minha mão.
Com eles, o bobo
descobria um salão espelhado,
nós dois repetidos e cômicos.
Nada mais pedia na tarde: o riso
era tudo ecoando até dormir.
E às vezes eu nem respirava
sem espaço para outra palavra
caía nas armadilhas que eram sua criação
armadilhas de palavras
armadilhas de interjeições
e dentro da sem-razão da hora
buscava fôlego e cedia
à invenção de mais jogos
e reclamava àquela miúda pessoa
que não dosava toda a alegria.

Beijava Yorick a cada pergunta.
Outro beijo para que me soltasse
e começasse a latir
e cada vez era diferente,
um bicho escondido atrás dele.
Quando se escondia
virava sombra, não mais
o dragão que deveria ser caçado.
As horas passavam,
sou eu que exibo dentes agora.
Sei imitá-lo.
Tento ser Yorick com a mesma força.

Veloz recreação enquanto é dia.
Meu mestre da bagunça fala e ri
e ao mesmo tempo salta sobre todos
e solta-me no ar, sonho e brinquedo.

Com ele sou eu mesmo? Devo ser.
Com ele me arrebento ou bem me salvo
do mundo mais pacato dos perigos
que nunca dormem sóbrios, no silêncio.

Contorço alguma parte do meu corpo
e na corcunda pétrea em que me agarro
corro o salão de novo, mato um monstro,
e ele, Yorick, me pergunta quantos foram.

Louco girar dos lustres que não queimam.
Paredes rotatórias nos perseguem:
impossível visão do nosso baile
que trai o fôlego, e vai logo voltar.

Yorick inventou um mundo:
pedras que falavam
ventos inimigos
árvores mais brancas, mais altas
com raízes fincadas na chuva.

Yorick garantiu que tudo existia:
que eu mesmo era um mundo
mais poderoso do que o rei.
Que eu só tomasse cuidado
com o que sei e o que não sei
(duas aparições medonhas
além da noite e do sonho).

Yorick me fez completar frases
me fez adivinhar números
os dedos espalmados não bastavam
meu corpo desenhava tudo.

Yorick trouxe imaginação. Devo a ele.

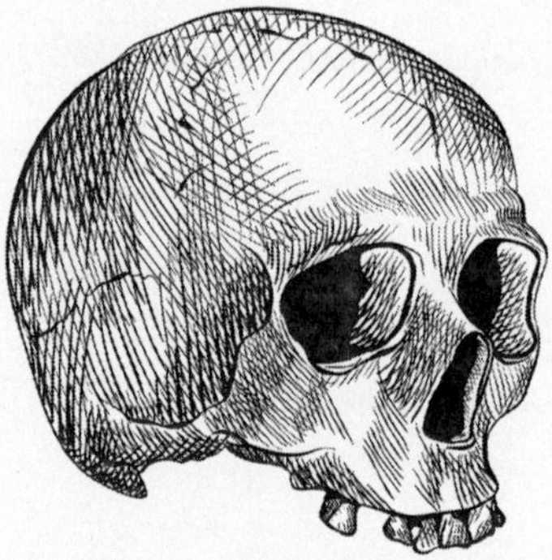

O poeta comenta Yorick e o poder

Se todos somos iguais
na mesma covardia e no amor,
então me cabe desmascarar
– é o que pensa Yorick, quando
se faz silêncio.

Yorick insulta os reis e os cardeais.
Os que têm fé serão os primeiros
– é o que pensa Yorick, quando
se faz silêncio.

Os cardeais temem a Deus, e levam
sustos com Yorick a falar de suas batinas
            de seus báculos
            de seus paramentos sem igual.
Yorick ofende e faz rir –
o riso sem resposta de um apelido
de uma comparação com animais que rosnam
            animais que relincham
            animais que zurram.

Há pouco Yorick falou de animais que copulam.
Foi no Paraíso – eis como
Yorick concluiu.

Yorick, o absurdo, monarca dos doidos,
finge um improviso, pendura-se em tudo, é profeta
preso ao candelabro do salão do trono,
desce ao chão para dizer verdades,
agarra-se ao ombro de quem ataca.

Nem acrobata nem estulto: foge
de si mesmo enquanto imita a palavra alheia,
solto no mundo
o diabólico sabe-não-sabe
que atira charadas a quem comanda
que gargalha da elegância de quem governa.
Todos juram: *Yorick é um espelho.*
Não podemos perdê-lo.

Yorick traz um sino à mão.
Badala o sino, pede atenção
por dois minutos. E de novo pede.
Pede mais. Por fim, vai embora
a saltar e a gritar
eu só queria o silêncio de todos
pois todo o resto é mentira. Podem
voltar a conversar.

Vão contar a última de Yorick
cada um tem sua versão,
ninguém confessa que Yorick está certo,
que hoje foi um dia difícil
eu mesmo disse *boa noite, como vai?*
sem ter culpa disso
queria estar passeando entre flores
sem encontrar um só conhecido.

Yorick o pândego já se sentou
à mesa do Conselho. Sopra bolas de sabão.
Não quer levantar.
                                        Cada vez que tentam
arrancá-lo da cadeira em que se plantou
Tanto faz! Tanto faz! grita Yorick
que corre por debaixo da mesa
e reaparece ali, e depois no outro lado.

O Conselho tem início com atraso.
É preciso decidir o que fazer (o que
Yorick quer é um não-fazer
muito mais eficaz).

Um trocadilho do bufão,
bem cedo pela manhã, fez
o rei expressar de uma vez,
em apuros, sua aversão

ao riso em lesa-majestade.
Yorick morrerá enforcado,
mas por ter sido muito amado,
lhe é concedida a liberdade

de escolher a árvore perfeita
de onde o seu corpo penderá.
Yorick vagou ao deus-dará
rumo à morte que ele rejeita.

E ao chegar ao fim da terra,
nem mesmo um galho lhe agradara.
Voltou ao reino com preclara
alegação que tudo encerra:

Não descobri árvore alguma
perfeita a ponto de eu querer
ser pendurado, ou mesmo ser
fruto estranho que logo estruma.

O rei viu assim concluída
a missão fatal que impusera.
O arguto Yorick já considera
outra pilhéria ainda em vida.

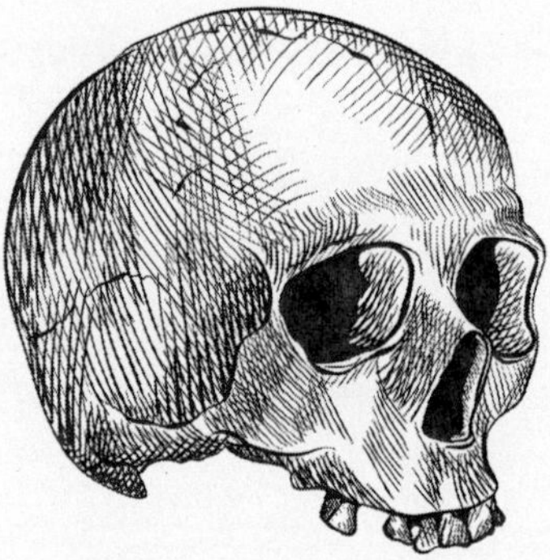

Cinco inimigos de Yorick

Buhlul me odeia e fez intriga
no dia sétimo do mês.
O rei ordenou que eu dissesse
como preferia morrer.

Não fiz o que Buhlul narrou,
a peste que ele traz não vai
ser transmitida ao meu sorriso.
Ele me quer morto mais cedo.

O rei, contudo, decretou
em gigantescas letras ásperas
(para alegria de Buhlul,
que cuspiria em cova rasa).

E eu, Yorick, no outro dia disse,
perante a corte e com juízo
(Buhlul ouvia), a minha escolha:
queria morrer de velhice.

O pérfido Sibilot, com seu bastão.
O louco sem qualquer escaramuça
e sem humor.
                    Quis matar-me
enquanto eu contemplava.
Gritou o nome Yorick no escuro
e apareceu num salto. Quis
jogar contra mim um tigre
            em seguida um leopardo
            em seguida um lobo.
Salva apenas o rei,
diante de quem faz rimas
conta fábulas, mostra caretas,
pinta com tinta negra e vermelha
um lindo coelho sobre a seda.
Sibilot precisa ser castigado.
Mas o rei se diverte em ver
a pessoa ameaçada
como é feita a ameaça
se a pessoa escapa.
Descobri subitamente que o rei aprende com Sibilot.

No fundo do salão surge Narr
o repulsivo, que um deus cego criou
para ser odiado.
Mas ele declarou
em meio a laboriosa charada
que tinha sonhado *com Yorick*
e seu corpo pequeno e decepado.
Anda cercado por gansos
que cria para confrontar.
Trata mal os monges
porque têm fé e trabalham pouco.
Cutuca meu chapéu
pois abaixo dele estou vivo.
Ele é um mal carnívoro.
Ninguém deve esperar que envelheça muito
pois Narr vem sendo cada vez mais
respeitado
admirado –
tem sido imitado por muitos nesse reino.

O diabólico Ránіga, o parasita
que aparece na lua cheia e lamenta
outra vez me encontrar. Ele traz consigo
cabeças de animais e berra impropérios
que aprendeu em cidades quase desertas.
Ganha forma de Mau Olhado esse anão
que escreveu onze nomes nas suas costas.
Vi que o nome Yorick é um deles, marcado
com cruzes em palavras de outra língua.
Mas todas dizem morte, garante Ránіga,
de quem sempre me afasto, sem comentar.

O nome Giufa me faz frio:
vento de lâmina dentada.

Tolo, Giufa alegre explicava
que mesmo os tímidos sorriam.

Mas era sorrateiro e falso:
quis urinar em mim primeiro,

chamando-me de Yorick cínico,
insolente, fingido e mau.

Giufa morreu faz muito tempo.
Mas ainda faz frio na água,

no campo, na chuva e no raio.
Esse frio é Giufa e seu ódio,

é também Giufa perguntando
por que continuo tão perto.

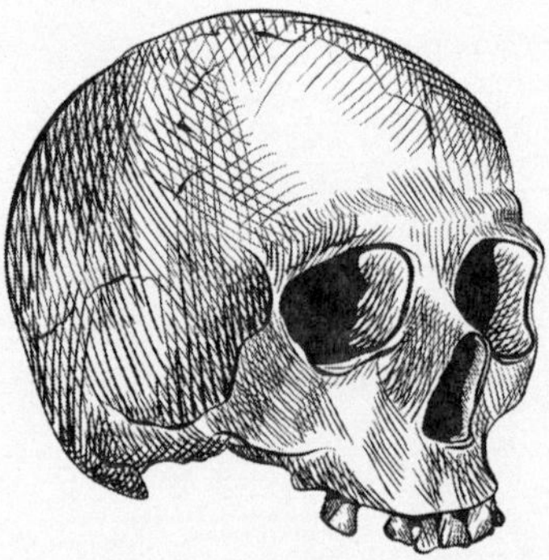

Os sonhos de Yorick

Um unicórnio à beira-mar, não sei por quê.
Eu quase caindo no fosso, com medo,
ciente de que me viam da torre
eu fugia como prisioneiro, não sei por quê.
Escutei que *Yorick é culpado* e estava morto,
mas vivo (e sem voz) eu poderia explicar,
explicar o quê?
Quando acordei senti todo o suor.
Fui chamado ao meio-dia
já havia esquecido
fui sarcástico incisivo divertido histriônico
elogiado por nobres estrangeiros
um dia que só terminaria
em sono profundo.

Uma grande caixa
com o nome Yorick escrito em metal
e eu abro
e entro
– e vejo que há outra caixa dentro
sem qualquer nome
e mesmo sabendo que não abriria
tento
tento
e já estou como em um quarto
um quarto com paredes de caixa
onde escuto permanentemente
(sei que é infinito)
o som da minha voz que paira
estou vendo
estou vendo.

Só preciso abrir outra caixa
mas não tenho tempo
tento de outro jeito
não há outro jeito.

Quando acordo estou torto
a cama toda me ampara
sei que tenho um coração
que palpita em seu quarto pequeno.

O rei me vê caindo lentamente
depois outro rei, que não conheço,
e o irmão do rei, que é rei e viajou
apenas para me ver caindo lentamente,
em seguida tantos nobres que conheço
e cardeais que já vejo afogados
e mulheres tristes porque seus filhos
só andam de costas e ainda um bufão
que se parece comigo mas me diz
que não sabe cair tão bem como eu
e se ele soubesse que eu não quero
pensei em pedir ajuda a ele
tem roupas parecidas com as minhas
quem tem essas roupas é muito corajoso
sim, pode ser que tenha dito *Yorick, meu amigo*,
e a partir daqui não sei mais o que passou.

Penso em contar uma história parecida com essa
(jamais igual, pois há quem decifre sonhos)
à hora do jantar.

Conto o sonho tal como Yorick contou:
que o rei enfermo lhe chamara um dia
para confessar como se sentia
sem a graça infinita do bufão,
sem poder aplaudir e gargalhar.
Mas ao sair Yorick foi condenado
por matar o rei com silêncio e veneno,
por não torná-lo o mesmo que era antes.

Alta traição. Bufão abominável
que com cinismo recusou curar
o rei sem rir a se desfigurar
sem a palavra viva que atiça
sem o antídoto de uma frase-víbora.
Yorick tentou falar que não podia
fazer a morte rir, adormecê-la,
tentar fazer com ela acrobacias.

Acordou, pois assim o rei queria.

Sonhei que não dormia, é possível?
que meu intestino crescia
devagar entumecido túrgido
um túmulo?
                    Lá dentro o que havia
a tanto se bater contra paredes
e a tentar passar atravessado
ao lado oposto do meu sono,
meu sono enviesado?

Nada surgia. Era só estranheza
sem dor, mas crescia
sem paliativo a tarde inteira
e o sonho em que via Yorick
era só meu?
                    Lá dentro ocorreria
uma explosão comigo, um modo
à revelia de ser eu e ser mais outro?
Será que não dormi, será que ardia?

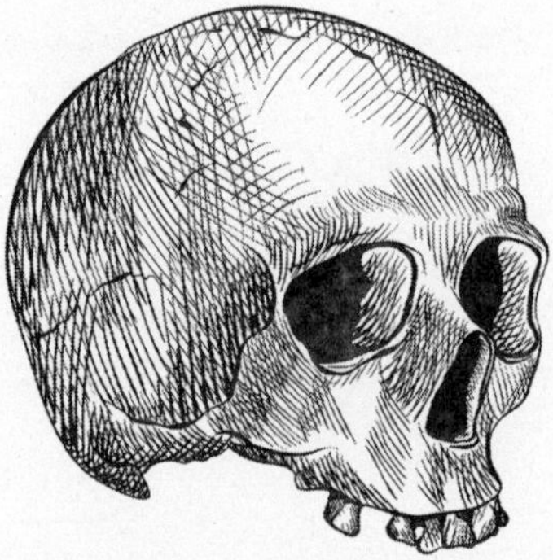

Cinco amigos de Yorick

O bom Roimid de olhos grandes
rosto pintado com tinta negra
os braços em carmim
os dedos da mão em azul.
Mas sua melhor aparição
só mesmo quando falava.

Falava de mim de forma cifrada:
Yorick nasceu de uma dentada
que Eva dera na maçã,
pois tinha fome.
Por isso o bobo está sempre faminto
e olhá-lo é cometer pecado.
Deus se arrepende do que fez.

Depois me beija e me abraça
circula no salão
e me ensina um truque arcaico
reconstrói um ovo ao soprá-lo
diz profecias sem raízes
esse amigo que tem graça.

Piculfus
doido de pedra.
Marionete de si mesmo –
um susto quando saltava.
O maior demente
recitava como se à frente
houvesse espadas.
Chamava-me de *Yorick-Sem-Sorte*
era o mais triste dos bobos
noves fora, zero.

Piculfus
morreu de repente.
Na hora do jantar
antes mesmo de tagarelar
de citar em ordem alfabética
suas enfermidades.
Ria de si mesmo
e continua a rir
pois desde então
não há melhor assunto.

O pobre Klefsan, filho de alguém
nunca soube de onde viera
quem era:
                                        apareceu
no mercado, à luz do sol
e não sabe como aprendeu
a ler de trás para frente
a dizer Klefsan
a dizer também nasfelK
e a rodar e a girar
e dar cambalhotas semelhantes.

Fez de mim, Yorick, seu aluno.
Seu assunto.

Morreu dentro do prostíbulo
vomitava vinho.
Os ossos de Klefsan
expostos sobre uma pedra
rodavam e giravam.
Eram também engraçados, garantiram.
As mulheres riam.

Armin, belo palhaço
braços alongados, tipo
esquelético, sorriso encardido: meu amigo.
Dedicou-me um livro
A Yorick, sem sentido.
Quase sempre jantávamos juntos: meu amigo.

Criou novas armadilhas
fazia rir até se víamos estrelas
sabia falar, o meu amigo, línguas estrangeiras

e principalmente a língua dos padres
dos curas dos frades dos seminaristas
surdos e mudos para ele,

pois Armin, ao contrário
de todas as religiões,
só não existe em silêncio.

Posso ouvir Armin a trovejar
o seu riso.
Um riso que vinha de dentro.

35 E então Simnel, que entorta a boca,
julgou que eu estava pronto. [2]E disse: Yorick
está condenado a fazer rir. Os reis
ficarão pasmos. [3]Respeitei
o que Simnel dissera, pois ele
tinha aguda e precisa expressão, nariz
aberrante e fora da Criação,
olhar minucioso para a alma alheia.
[4]E então me despedi.
[5]Simnel, o meu amigo, estava certo.
[6]Vez ou outra eu mesmo recebi um correio
com sua letra também torta, que garantia:
[7]Já me contaram que seu humor não tem medo.
Pedras se mexem quando você fala. [8]Chorei
mais tarde ao me contarem que morrera
esse amigo e profeta, [9]a quem devo o vinho
que se incorpora.

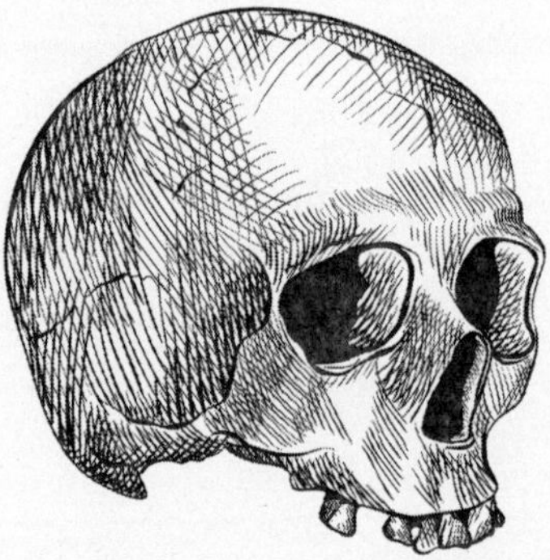

Sobre Yorick doente

A palidez rói o sorriso.
E hoje Yorick não pôde saltar,
e faltará ao serviço.

É coisa de muito admirar
que o bufão multicolorido
não possa jogar para trás

a dor que retém seu ofício.
Tampouco poderá esquecer
como faz falta o seu espírito

em dia com andaime de rotinas.
Yorick passeia em seu quarto?
Nenhum truque ou pedido o aquece?

(Mas hoje não poderá vir,
ensimesmado em seu decúbito
e em silêncio desconhecido).

A dor de Yorick
não para: arrasta-se dentro.
Nada o arranca de onde
deitou-se.

Não tem jeito: para cá ainda
dói, feito um osso intenso
inclinando-se para sair. É ali.

Yorick pediu que o deixassem
mais tarde que o buscassem
que pousassem onde tudo é pedra,

vulcânica superfície preenchendo
o seu medo. É isso: Yorick
teme, não fala mais *amanhã bem cedo*.

Há uma temperatura só para ele.

O corpo de Yorick não consegue fugir.
Quis ficar perto da janela (onde
o dia estala e dilata), mas o corpo
repele a luz.
Fica mais solitário
(há um relógio assim sobre o móvel)
e aguarda um anúncio,
pode ser a visita
muito atrasada,
muito esquecida.

O corpo quer ficar afastado de si.
Parece que vai conseguir.

Yorick se pergunta
sempre sozinho:
é possível chegar à eternidade e ainda rir?
é possível ir à eternidade e não doer?

E o sonho que eu tive?
se pergunta
esse animal que escorre no escuro,
esse ruído que não é de ninguém?

Tudo agora se parece
com o medo de Yorick.
O espelho, principalmente, mas
também a vidraça invadida de Sol.

Ali está Yorick movendo sombras.
Já se imagina brincando de lugar em lugar –
mas é o dia
que tem poente,
e todo o jardim fica à deriva.

Tem alguma febre. Em algum lugar.
Já não é necessário
abrir completamente os olhos.
Yorick respira
e sabe: a mão de alguém
passa sobre a testa um pano,
e há nisso uma velocidade estranha
uma textura que é muito longínqua
e um atrito sem fogo que se produz acima dele.
Fica escuro mais cedo, porém
não há mais estações
nem roupas para trocar.
Deita de lado às vezes
muda de lado:
as longas cordas do barco
não chegam.
Yorick se sente melhor, mas antes
não deixava de rir sobre si mesmo.
Agora, ao que parece,
todos sabem o que Yorick vai dizer.

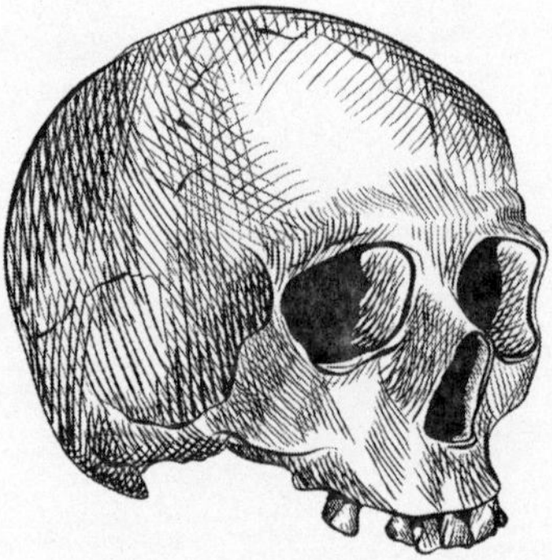

Yorick fala de sua morte iminente

Se a doença se infiltra
pelas costas e dentro
dos ossos, expandindo-se
da aura do Sol ao centro,
então o corpo rijo,
já com tremores lentos,
curva-se em submissão.

Quem está nele foge
para um claustro menor,
lugar bem encerrado
com luz inferior.
Tudo ali se transforma,
janela adversativa,
em árdua previsão.

Não sou mais conduzido
por quentes batimentos.
Meu sangue é mais equívoco
quando quer circular
seu trajeto despótico.
Eu mesmo não sou Yorick,
mas um corpo ventríloquo.

Uma vida a serviço. Uma vida
presa ao riso alheio. Cortando
tecidos com losangos, escutando relinchos.

Yorick, imite isso agora,
uma cambalhota ao seu estilo,
uma careta de cínico, um pouco mais
de insultos módicos repetidos.

Tudo fiz com prontidão,
nunca esqueci uma palavra imaginária.
Preferi não falhar diante do rei
e não aborreci o príncipe com sono.

Deve ser por isso, em recompensa,
que só dói do lado esquerdo.
O outro lado já não sinto.

A luz que atravessa o vitral
vem aqui.
Vitral que tem as cores
das roupas antigas.
Luz que descobre
o corpo de um Yorick roto
por isso não ilumina
antes vasculha onde vai tocar.

Não vai tocar: vai morder.

A luz tem seu revés (vejo
todos os dias) que nunca faz sombras:
antes me flagra quando respiro
e me reduzo ao meu espaço.
Luz que corrompe
a pele nua onde planeja
e aos poucos cauteriza
cada uma das veias.

Não vai brilhar: vai devorar.

Não conhecia tanto assim o silêncio.
Agora o tenho por dentro.
Não o notara tão vigilante,
um olho permanente,
e nem o sentia plantado comigo,
um peso que não sei levar.

Pior: o silêncio me chama.
Diz *Yorick* com seu lume de vento,
seu giro a me atravessar.
Então sinto medo. E (preciso confessar)
também não conhecia tanto o medo.
Vou pedir ajuda ao silêncio.

Sei que existia um só Yorick
(porém, se o rei ordenar que venha,
direi que sumiu).
Sou e não sou, tenho febre, durmo e anseio,
há dores no corpo surpreso,
como e bebo sem saber os nomes,
minhas palavras terminam mais cedo.

Um dia a respiração também
mal chegará às cinco da tarde.
Às quatro já não enxergarei.
Às três deixará de circular
o sangue das pernas e dos braços.
De novo tentarei respeitar
essa rotina.

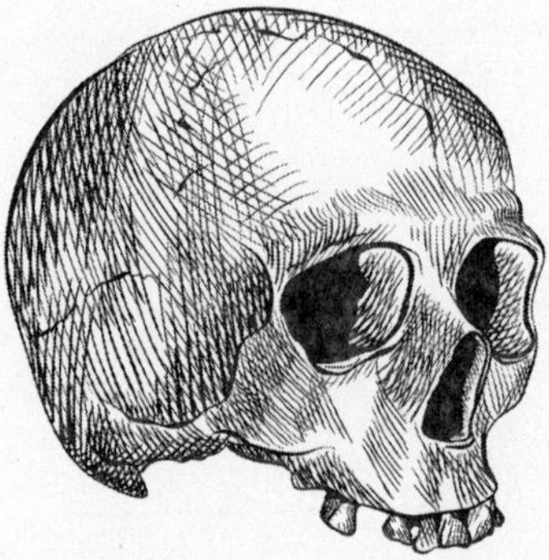

Todos comentam a morte de Yorick

O rei

Houve tempos melhores, mas resiste ainda
uma anedota à mesa, que a morte esqueceu.
Yorick fez com que todos, postos na berlinda,
olhassem no ridículo um triste apogeu,
lançando-me uma luz que tinha riso e breu.
Quisera tê-lo sempre ao lado a me ensinar
o que o poder divino não vai alcançar.

O príncipe

A morte era corriqueira
quando me lembrei: o morto me carregou
nas costas.

Carregou Alexandre, o Grande,
carregou cantores, Caim, políticos,
advogados, latifundiários, cortesãos.
O próprio verme
carregou outro verme, e roeu o verme?

Yorick me trouxe para mais perto.
Desenterrado, me deu a direção:
estou aqui porque a morte existe,
creio que ainda há tempo encarniçado
para enfrentá-la
face a face.

O amigo do príncipe

Por que razão o príncipe se espanta
ao ver ossos esparsos, terra e lama,
e evita perguntar sobre si mesmo?
Sou tão finito quanto quem conquista
e forma impérios vastos e guerreia.

Respondo tão sucinto quanto posso
a quem pergunta acima de outro túmulo.
O príncipe, indagando, exuma um crânio
arrancado à memória, imaculado:
Yorick venceu mais uma, e nunca morre.

O coveiro

Aqui dentro, sim,
como que por acaso
o camponês e o nobre se abraçam.

É só cavar: tudo aparece.
O que se disse lá fora
não desce. O pouco do que ficou
apodrece. A roda segue
a moer sem reza quem está lá na frente.

É só cavar. Depois de tanto imaginar,
Yorick veio para cá:
não usou as próprias mãos
nem pôde escolher, na pressa,
o lugar onde ficou.
Era muito pestilento.
Agora, curado,
demora a ser esquecido
(lembrar-me dele
não é parte do meu ofício).

E já chega um novo inquilino.

O poeta

O poeta pode, sim,
abrir túmulos e contemplar.
Pode entrever o seu túmulo
em ode crepuscular. Pode
zelar por alguém que falta
todos os dias
em túmulo aberto, no ar.
Pode também
(aconteceu com Yorick) ser despejado
ser exilado
para terreno adjacente,
não existindo mais túmulo
que o contenha.
Ainda assim o poeta
gravará epitáfio
a ser lido todos os dias
por mortos e vivos.

Os poemas “Inventei um sorriso no ar (sou eu,”, “Yorick traz um sino à mão.”, “O nome Giufa me faz frio:”, “Yorick se pergunta”, “A luz que atravessa o vitral” e “O coveiro” foram previamente publicados na revista *Piauí* número 210, março de 2024.

Livros do autor

Poesia

Ou vice-versa (1986)

Atrito (1992)

Estante (1997)

Em seu lugar (2005)

A mesma coisa (2012)

O mundo à solta (2014)

Taturana (2015)

O rugido do Sol (2018)

Um livro de amizades (2021)

Cerejeira (2023)

Crítica literária

A escola da sedução (1991)

A próxima leitura (2002)

Esta poesia e mais outra (2010)

Ensaios

Curvas, ladeiras – Bairro de Santa Teresa (1998)

Visibilidade (2000)

Traduções

Louise Labé – Amor e loucura

(1995; 2023, 2ª edição, revista)

Basil Bunting – Briggflatts (2016)

Este livro, composto na fonte Minion, foi impresso
em papel Pólen Natural 80g/m², na gráfica Eskenazi.
Rio de Janeiro, agosto de 2024.